suhrkamp taschenbuch 1193

AF203863

Obwohl diese Geschichte der ersten Liebe eines sechzehnjährigen Schülers in einer längst vergangenen Welt spielt, ist sie von einer Genauigkeit der Menschenkenntnis, die heute nicht weniger betroffen macht als zum Zeitpunkt ihrer Niederschrift. Mit unerhörtem Feingefühl werden hier die seelischen Vorgänge erster schüchterner Annäherungen dargestellt. Sie werden der inneren Aufgewühltheit des verliebten Schülers ebenso gerecht wie dem Verhalten des gleichaltrigen und doch schon ungleich lebensklügeren Mädchens. Wie fast alle Erzählungen Hesses enthält auch diese Geschichte manche autobiographischen Züge und dürfte wohl auf Begebenheiten zurückgreifen, die er als Fünfzehnjähriger in seiner Beziehung zu Eugenie Kolb aus Cannstatt erlebt hat. (Vgl. die Dokumentation »Kindheit und Jugend vor Neunzehnhundert«, suhrkamp taschenbuch 1002.) »Ein junger Lateinschüler wird durch die Hand einer alten, tüchtigen Magd so von ungefähr in den Kreis einfacher, junger, froher Mägde geführt ... Der Lateinschüler lernt hier ein Mädchen kennen, das seinen träumerischen Sinn verwirrt ... und ein Stück Welt und Menschen weiter verstehen.«   *Theodor Heuss*

Hermann Hesse, am 2. 7. 1877 in Calw/Württemberg als Sohn eines baltendeutschen Missionars und der Tochter eines württembergischen Indologen geboren, 1946 ausgezeichnet mit dem Nobelpreis für Literatur, starb am 9. 8. 1962 in Montagnola bei Lugano.

Geschrieben Januar bis Juli 1905.
Erstdruck in *Über Land und Meer*,
Stuttgart/Leipzig, Nr. 23-26, 1906.
Erstmals in Buchform in:
Hermann Hesse, *Diesseits*, Erzählungen, Berlin, 1907.

Umschlagmotiv nach einem Aquarell Hermann Hesses.
Redaktion: Volker Michels.

Klimaneutral
Druckprodukt
ClimatePartner.com/14438-2110-1001

9. Auflage 2022

Umschlaggestaltung: Göllner, Michels, Zegarzewski
Druck: CPI books GmbH, Leck
Printed in Germany
ISBN 978-3-518-37693-5

www.suhrkamp.de

Hermann Hesse
Der Lateinschüler

Erzählung

Suhrkamp

Der Lateinschüler

Mitten in dem enggebauten alten Städtlein liegt ein phantastisch großes Haus mit vielen kleinen Fenstern und jämmerlich ausgetretenen Vorstaffeln und Treppenstiegen, halb ehrwürdig und halb lächerlich, und ebenso war dem jungen Karl Bauer zumute, welcher als sechzehnjähriger Schüler jeden Morgen und Mittag mit seinem Büchersack hineinging. Da hatte er seine Freude an dem schönen, klaren und tückelosen Latein und an den altdeutschen Dichtern und hatte seine Plage mit dem schwierigen Griechisch und mit der Algebra, die ihm im dritten Jahr sowenig lieb war wie im ersten, und wieder seine Freude an ein paar graubärtigen alten Lehrern und seine Not mit ein paar jungen.

Nicht weit vom Schulhaus stand ein uralter Kaufladen, da ging es über dunkelfeuchte Stufen durch die immer offene Tür unablässig aus und ein mit Leuten, und im pechfinsteren Hausgang roch es nach Sprit, Petroleum und Käse. Karl fand sich aber gut im Dunkeln durch, denn hoch oben im selben Haus hatte er seine Kammer, dort ging er zu Kost und Logis bei der Mutter des Ladenbesitzers. So finster es unten war, so hell und frei war es droben; dort hatten sie Sonne, soviel nur schien, und sahen über die halbe Stadt hinweg, deren Dächer sie fast alle kannten und einzeln mit Namen nennen konnten.

Von den vielerlei guten Sachen, die es im Laden in großer Menge gab, kam nur sehr weniges die steile Treppe herauf, zu Karl Bauer wenigstens, denn der Kosttisch seiner alten Frau Kusterer war mager bestellt und sättigte ihn niemals. Davon aber abgesehen, hausten sie und er ganz freundschaftlich zusammen, und seine Kammer besaß er wie ein Fürst sein Schloß. Niemand störte ihn darin, er mochte treiben, was es war, und er trieb vielerlei. Die zwei Meisen im Käfig wären noch das wenigste gewesen, aber er hatte auch eine Art Schreinerwerkstatt eingerichtet, und im Ofen schmolz und goß er Blei und Zinn, und sommers hielt er Blindschleichen und Eidechsen in einer Kiste – sie verschwanden immer nach kurzer Zeit durch immer neue Löcher im Drahtgitter. Außerdem hatte er auch noch seine Geige, und wenn er nicht las oder schreinerte, so geigte er gewiß, zu allen Stunden bei Tag und bei Nacht.

So hatte der junge Mensch jeden Tag seine

Freuden und ließ sich die Zeit niemals lang werden, zumal da es ihm nicht an Büchern fehlte, die er entlehnte, wo er eins stehen sah. Er las eine Menge, aber freilich war ihm nicht eins so lieb wie das andre, sondern er zog die Märchen und Sagen sowie Trauerspiele in Versen allen andern vor.

Das alles, so schön es war, hätte ihn aber doch nicht satt gemacht. Darum stieg er, wenn der fatale Hunger wieder zu mächtig wurde, so still wie ein Wiesel die alten, schwarzen Stiegen hinunter bis in den steinernen Hausgang, in welchen nur aus dem Laden her ein schwacher Lichtstreifen fiel. Dort war es nicht selten, daß auf einer hohen leeren Kiste ein Rest guten Käses lag, oder es stand ein halbvolles Heringsfäßchen offen neben der Tür, und an guten Tagen oder wenn Karl unter dem Vorwand der Hilfsbereitschaft mutig in den Laden selber trat, kamen auch zuweilen ein paar Hände voll gedörrte Zwetschgen, Birnenschnitze oder dergleichen in seine Tasche.

Diese Züge unternahm er jedoch nicht mit Habsucht und schlechtem Gewissen, sondern teils mit der Harmlosigkeit des Hungernden, teils mit den Gefühlen eines hochherzigen Räubers, der keine Menschenfurcht kennt und der Gefahr mit kühlem Stolze ins Auge blickt. Es schien ihm ganz den Gesetzen der sittlichen Weltordnung zu entsprechen, daß das, was die alte Mutter geizig an ihm sparte, der überfüllten Schatzkammer ihres Sohnes entzogen würde.

Diese verschiedenartigen Gewohnheiten, Beschäftigungen und Liebhabereien hätten, neben der allmächtigen Schule her, eigentlich genügen können, um seine Zeit und seine Gedanken auszufüllen. Karl Bauer war aber davon noch nicht befriedigt. Teils in Nachahmung einiger Mitschüler, teils infolge seiner vielen schöngeistigen Lektüre, teils auch aus aus eignem Herzensbedürfnis betrat er in jener Zeit zum erstenmal das schöne ahnungsvolle Land der Frauenliebe. Und da er doch zum voraus genau wußte, daß sein derzeitiges Streben und Werben zu keinem realen Ziele führen würde, war er nicht allzu bescheiden und weihte seine Verehrung dem schönsten Mädchen der Stadt, die aus reichem Hause war und schon durch die Pracht ihrer Kleidung alle gleichaltrigen Jungfern weit überstrahlte. An ihrem Hause ging der Schüler täglich vorbei, und wenn sie ihm begegnete, zog er den Hut so tief wie vor dem Rektor nicht.

So waren seine Umstände beschaffen, als durch einen Zufall eine ganz neue Farbe in sein Dasein kam und neue Tore zum Leben sich ihm öffneten.

Eines Abends gegen Ende des Herbstes, da Karl von der Schale mit dünnem Milchkaffee wieder gar nicht satt geworden war, trieb ihn der Hunger auf die Streife. Er glitt unhörbar die Treppe hinab und revierte im Hausgang, wo er nach kurzem Suchen einen irdenen Teller stehen sah, auf welchem zwei Winterbirnen von köstlicher Größe und Farbe sich an eine rotgeränderte Scheibe Holländerkäse lehnten.

Leicht hätte der Hungrige erraten können, daß diese Kollation für den Tisch des Hausherrn bestimmt und nur für Augenblicke von der Magd beiseitegestellt worden sei; aber im Entzücken des unerwarteten Anblicks lag ihm der Gedanke an eine gütige Schicksalsfügung viel näher, und er barg die Gabe mit dankbaren Gefühlen in seinen Taschen.

Noch ehe er damit fertig und wieder verschwunden war, trat jedoch die Dienstmagd Babett auf leisen Pantoffeln aus der Kellertüre, hatte ein Kerzenlicht in der Hand und entdeckte entsetzt den Frevel. Der junge Dieb hatte noch den Käse in der Hand; er blieb regungslos stehen und sah zu Boden, während in ihm alles auseinanderging und in einem Abgrund von Scham versank. So standen die beiden da, von der Kerze beleuchtet, und das Leben hat dem kühnen Knaben seither wohl schmerzlichere Augenblicke beschert, aber gewiß nie einen peinlicheren.

»Nein, so was!« sprach Babett endlich und sah den zerknirschten Frevler an, als wäre er eine Moritat. Dieser hatte nichts zu sagen.

»Das sind Sachen!« fuhr sie fort. »Ja, weißt du denn nicht, daß das gestohlen ist?«

»Doch, ja.«

»Herr du meines Lebens, wie kommst du denn dazu?«

»Es ist halt dagestanden, Babett, und da hab ich gedacht —«

»Was denn hast gedacht?«

»Weil ich halt so elend Hunger gehabt hab . . .«

Bei diesen Worten riß das alte Mädchen ihre Augen weit auf und starrte den Armen mit unendlichem Verständnis, Erstaunen und Erbarmen an.

»Hunger hast? Ja, kriegst denn nichts zu futtern da droben?«

»Wenig, Babett, wenig.«

»Jetzt da soll doch! Nun, 's ist gut, 's ist gut. Behalt das nur, was du im Sack hast, und den Käs auch, behalt's nur, 's ist noch mehr im Haus. Aber jetzt tät ich raufgehen, sonst kommt noch jemand.«

In merkwürdiger Stimmung kehrte Karl in seine Kammer zurück, setzte sich hin und verzehrte nachdenklich erst den Holländer und dann die Birnen. Dann wurde ihm freier ums Herz, er atmete auf, reckte sich und stimmte alsdann auf der Geige eine Art Dankpsalm an. Kaum war dieser beendet, so klopfte es leise an, und wie er aufmachte, stand vor der Tür die Babett und streckte ihm ein gewaltiges, ohne Sparsamkeit bestrichenes Butterbrot entgegen.

So sehr ihn dieses erfreute, wollte er doch höflich ablehnen, aber sie litt es nicht, und er gab gerne nach.

»Geigen tust du aber mächtig schön«, sagte sie bewundernd, »ich hab's schon öfter gehört. Und wegen dem Essen, da will ich schon sorgen. Am Abend kann ich dir gut immer was bringen, es braucht's niemand zu wissen. Warum gibt sie dir's auch nicht besser, wo doch wahrhaftig dein Vater genug Kostgeld zahlen muß.«

Noch einmal versuchte der Bursche schüchtern dankend abzulehnen, aber sie hörte gar nicht darauf, und er fügte sich gerne. Am Ende kamen sie dahin überein, daß Karl an Tagen der Hungersnot beim Heimkommen auf der Stiege das Lied »Güldne Abendsonne« pfeifen sollte, dann käme sie und brächte ihm zu essen. Wenn er etwas andres pfiffe oder gar nichts, so wäre es nicht nötig. Zerknirscht und dankbar legte er seine Hand in ihre breite Rechte, die mit starkem Druck das Bündnis besiegelte.

Und von dieser Stunde an genoß der Gymnasiast mit Behagen und Rührung die Teilnahme und Fürsorge eines guten Frauengemütes, zum erstenmal seit den heimatlichen Knabenjahren, denn er war schon früh in Pension getan worden, da seine Eltern auf dem Lande wohnten. An jene Heimatjahre ward er auch oft erinnert, denn die Babett bewachte und verwöhnte ihn ganz wie eine Mutter, was sie ihren Jahren nach auch annähernd hätte sein können. Sie war gegen vierzig und im Grunde eine eiserne, unbeugsame, energische Natur; aber Gelegenheit macht Diebe, und da sie so unerwartet an dem Jüngling einen dankbaren Freund und Schützling und Futtervogel gefunden hatte, trat mehr und mehr aus dem bisher schlummernden Grunde ihres gehärteten Gemütes ein fast zaghafter Hang zur Weichheit und selbstlosen Milde an den Tag.

Diese Regung kam dem Karl Bauer zugute und verwöhnte ihn schnell, wie denn so junge Knaben alles Dargebotene, sei es auch die seltenste Frucht, mit Bereitwilligkeit und fast wie ein gutes Recht hinnehmen. So kam es auch, daß er schon nach wenigen Tagen jene so beschämende erste Begegnung bei der Kellertüre völlig vergessen hatte und jeden Abend sein »Güldne Abendsonne« auf der Treppe erschallen ließ, als wäre es nie anders gewesen.

Trotz aller Dankbarkeit wäre vielleicht Karls Erinnerung an die Babett nicht so unverwüstlich lebendig geblieben, wenn ihre Wohltaten sich dauernd auf das Eßbare beschränkt hätten. Jugend ist hungrig, aber sie ist nicht weniger schwärmerisch, und ein Verhältnis zu Jünglingen läßt sich mit Käse und Schinken, ja selbst mit Kellerobst und Wein nicht auf die Dauer warmhalten.

Die Babett war nicht nur im Hause Kusterer hochgeachtet und unentbehrlich, sondern genoß in der ganzen Nachbarschaft den Ruf einer tadelfreien Ehrbarkeit. Wo sie dabei war, ging es auf eine anständige Weise heiter zu. Das wußten die Nachbarinnen, und sie sahen es daher gern, wenn ihre Dienstmägde, namentlich die jungen, mit ihr Umgang hatten. Wen sie empfahl, der fand gute Aufnahme, und wer ihren vertrauteren Verkehr genoß, der war besser aufgehoben als im Mägdestift oder Jungfrauenverein.

Feierabends und an den Sonntagnachmittagen war also die Babett selten allein, sondern stets von einem Kranz jüngerer Mägde umgeben, denen sie die Zeit herumbringen half und mit allerlei Rat zur Hand ging. Dabei wurden Spiele gespielt, Lieder gesungen, Scherzfragen und Rätsel aufgegeben, und wer etwa einen Bräutigam oder einen Bruder besaß, durfte ihn gern mitbringen. Freilich geschah das nur sehr selten, denn die Bräute wurden dem Kreise meistens bald untreu, und die jungen Gesellen und Knechte hatten es mit der Babett nicht so freundschaftlich wie die Mädchen. Lockere Liebesgeschichten duldete sie nicht; wenn von ihren Schützlingen eine auf solche Wege geriet und durch ernstes Vermahnen nicht zu bessern war, so blieb sie ausgeschlossen.

In diese muntere Jungferngesellschaft ward der Lateinschüler als Gast aufgenommen, und vielleicht hat er dort mehr gelernt als im Gymnasium. Den Abend seines Eintritts hat er nicht vergessen. Es war im Hinterhof, die Mädchen saßen auf Treppenstaffeln und leeren Kisten, es war dunkel, und oben floß der viereckig abgeschnittene Abendhimmel noch in schwachem mildblauem Licht. Die Babett saß vor der halbrunden Kellereinfahrt auf einem Fäßchen, und Karl stand schüchtern neben ihr an den Torbalken gelehnt, sagte nichts und schaute in der Dämmerung die Gesichter der Mädchen an. Zugleich dachte er ein wenig ängstlich daran, was wohl seine Kameraden zu diesem abendlichen Verkehr sagen würden, wenn sie davon erführen.

Ach, diese Mädchengesichter! Fast alle kannte er vom Sehen schon, aber nun waren sie, so im Halblicht zusammengerückt, ganz verändert und sahen ihn wie lauter Rätsel an. Er weiß auch heute noch alle Namen und alle Gesichter und von vielen die Geschichte dazu. Was für Geschichten! Wieviel Schicksal, Ernst, Wucht und auch Anmut in den paar kleinen Mägdeleben!

Es war die Anna vom Grünen Baum da, die hatte als ganz junges Ding in ihrem ersten Dienst einmal gestohlen und war einen Monat gesessen. Nun war sie seit Jahren treu und ehrlich und galt für ein Kleinod. Sie hatte große braune Augen und einen herben Mund, saß schweigsam da und sah den Jüngling mit kühler Neugierde an. Aber ihr Schatz, der ihr damals bei der Polizeigeschichte untreu geworden war, hatte inzwischen geheiratet und war schon wieder Witwer geworden. Er lief ihr jetzt wieder nach und wollte sie durchaus noch haben, aber sie machte sich hart und tat, als wollte sie nichts mehr von ihm wissen, obwohl sie ihn heimlich noch so lieb hatte wie je.

Die Margret aus der Binderei war immer fröhlich, sang und klang und hatte Sonne in den rotblonden Kraushaaren. Sie war beständig sauber gekleidet und hatte immer etwas Schönes und Heiteres an sich, ein blaues Band oder ein paar Blumen, und doch gab sie niemals Geld aus, sondern schickte jeden Pfennig ihrem Stiefvater heim, der's versoff und ihr nicht danke sagte. Sie hat dann später ein schweres Leben gehabt, ungeschickt geheiratet und sonst vielerlei Pech und Not, aber auch dann ging sie noch leicht und hübsch einher, hielt sich rein und schmuck und lächelte zwar seltener, aber desto schöner.

Und so fast alle, eine um die andre, wie wenig Freude und Geld und Freundliches haben sie gehabt und wieviel Arbeit, Sorge und Ärger, und wie haben sie sich durchgebracht und sind obenan geblieben, mit wenig Ausnahmen lauter wackere und unverwüstliche Kämpferinnen! Und wie haben sie in den paar freien Stunden gelacht und sich fröhlich gemacht mit nichts, mit einem Witz und einem

Lied, mit einer Handvoll Walnüsse und einem roten Bandrestchen! Wie haben sie vor Lust gezittert, wenn eine recht grausame Martergeschichte erzählt wurde, und wie haben sie bei traurigen Liedern mitgesungen und geseufzt und große Tränen in den guten Augen gehabt!

Ein paar von ihnen waren ja auch widerwärtig, krittelig und stets zum Nörgeln und Klatschen bereit, aber die Babett fuhr ihnen, wenn es not tat, schon übers Maul. Und auch sie trugen ja ihre Last und hatten es nicht leicht. Die Gret vom Bischofseck namentlich war eine Unglückliche. Sie trug schwer am Leben und schwer an ihrer großen Tugend, sogar im Jungfrauenverein war es ihr nicht fromm und streng genug, und bei jedem kräftigen Wort, das an sie kam, seufzte sie tief in sich hinein, biß die Lippen zusammen und sagte leise: »Der Gerechte muß viel leiden.« Sie litt jahraus, jahrein und gedieh am Ende doch dabei, aber wenn sie ihren Strumpf voll ersparter Taler überzählte, wurde sie gerührt und fing zu weinen an. Zweimal konnte sie einen Meister heiraten, aber sie tat es beidemal nicht, denn der eine war ein Leichtfuß, und der andere war selber so gerecht und edel, daß sie bei ihm das Seufzen und Unverstandensein hätte entbehren müssen.

Die alle saßen da in der Ecke des dunkeln Hofes, erzählten einander ihre Begebenheiten und warteten darauf, was der Abend nun Gutes und Fröhliches bringen würde. Ihre Reden und Gebärden wollten dem gelehrten Jüngling anfänglich nicht die klügsten und nicht die feinsten scheinen, aber bald wurde ihm, da seine Verlegenheit wich, freier und wohler, und er blickte nun auf die im Dunkel beisammenkauernden Mädchen wie auf ein ungewöhnliches, sonderbar schönes Bild.

»Ja, das wäre also der Herr Lateinschüler«, sagte die Babett und wollte sogleich die Geschichte seines kläglichen Hungerleidens vortragen, doch da zog er sie flehend am Ärmel, und sie schonte ihn gutmütig.

»Da müssen Sie sicher schrecklich viel lernen?« fragte die rotblonde Margret aus der Binderei, und sie fuhr sogleich fort: »Auf was wollen Sie denn studieren?«

»Ja, das ist noch nicht ganz bestimmt. Vielleicht Doktor.« Das erweckte Ehrfurcht, und alle sahen ihn aufmerksam an.

»Da müssen Sie aber doch zuerst noch einen Schnurrbart kriegen«, meinte die Lene vom Apotheker, und nun lachten sie teils leise kichernd, teils kreischend auf und kamen mit hundert Neckereien, deren er sich ohne Babetts Hilfe schwerlich erwehrt hätte. Schließlich verlangten sie, er solle ihnen eine Geschichte erzählen. Ihm wollte, soviel er auch gelesen hatte, keine einfallen als das Märchen von dem, der auszog, das Gruseln zu lernen; doch hatte er kaum recht angefangen, da lachten sie und riefen: »Das wissen wir schon lang«, und die Gret vom Bischofseck sagte geringschätzig: »Das ist bloß für Kinder.« Da hörte er auf und schämte sich, und die Babett versprach an seiner Stelle: »Nächstes Mal erzählt er was andres, er hat ja soviel Bücher daheim!« Das war ihm auch recht, und er beschloß, sie glänzend zufriedenzustellen.

Unterdessen hatte der Himmel den letzten blauen Schimmer verloren, und auf der matten Schwärze schwamm ein Stern.

»Jetzt müßt ihr aber heim«, ermahnte die Babett, und sie standen auf, schüttelten und rückten die Zöpfe und Schürzen zurecht, nickten einander zu und gingen davon, die einen durchs hintere Hoftürlein, die andern durch den Gang und die Haustüre.

Auch Karl Bauer sagte gute Nacht und stieg in seine Kammer hinauf, befriedigt und auch nicht, mit unklarem Gefühl. Denn so tief er in Jugendhochmut und Lateinschülertorheiten steckte, so hatte er doch gemerkt, daß unter diesen seinen neuen Bekannten ein andres Leben gelebt ward als das seinige und daß fast alle diese Mädchen, mit fester Kette ans rührige Alltagsleben gebunden, Kräfte in sich trugen und Dinge wußten, die für ihn so fremd wie ein Märchen waren. Nicht ohne einen kleinen Forscherdünkel gedachte er möglichst tief in die interessante Poesie dieses naiven Lebens, in die Welt des Urvolkstümlichen, der Moritaten und Soldatenlieder hineinzublicken. Aber doch fühlte er diese Welt der seinigen in gewissen Dingen unheimlich überlegen und fürchtete allerlei Tyrannei und Überwältigung von ihr.

Einstweilen ließ sich jedoch keine derartige Gefahr blicken, auch wurden die abendlichen Zusammenkünfte der Mägde immer kürzer, denn es ging schon stark in den Winter hinein, und man machte sich, wenn es auch noch so mild war, jeden Tag auf den ersten Schnee gefaßt. Immerhin fand Karl noch Gelegenheit, seine Geschichte loszuwerden. Es war die vom Zundelheiner und Zundelfrieder, die er im Schatzkästlein gelesen hatte, und sie fand keinen geringen Beifall. Die Moral am Schlusse ließ er weg, aber die Babett fügte eine solche aus eignem Bedürfnis und Vermögen hinzu. Die Mädchen, mit Ausnahme der Gret, lobten den Erzähler über Verdienst, wiederholten abwechselnd die Hauptszenen und baten sehr, er möge nächstens wieder so etwas zum besten geben. Er versprach es auch, aber schon am andern Tag wurde es so kalt, daß an kein Herumstehen im Freien mehr zu denken war, und dann kamen, je näher die Weihnacht rückte, andre Gedanken und Freuden über ihn.

Er schnitzelte alle Abend an einem Tabakskasten für seinen Papa und dann an einem lateinischen Vers dazu. Der Vers wollte jedoch niemals jenen klassischen Adel bekommen, ohne welchen ein lateinisches Distichon gar nicht auf seinen Füßen stehen kann, und so schrieb er schließlich nur »Wohl bekomm's!« in großen Schnörkelbuchstaben auf

den Deckel, zog die Linien mit dem Schnitz-
messer nach und polierte den Kasten mit
Bimsstein und Wachs. Alsdann reiste er wohl-
gemut in die Ferien.

Der Januar war kalt und klar, und Karl ging,
sooft er eine freie Stunde hatte, auf den Eisplatz zum Schlittschuhlaufen. Dabei ging ihm
eines Tages sein bißchen eingebildete Liebe zu
jenem schönen Bürgermädchen verloren.
Seine Kameraden umwarben sie mit hundert
kleinen Kavalierdiensten, und er konnte wohl
sehen, daß sie einen wie den andern mit der-
selben kühlen, ein wenig neckischen Höflichkeit und Koketterie behandelte. Da wagte er
es einmal und forderte sie zum Fahren auf,
ohne allzusehr zu erröten und zu stottern,
aber immerhin mit einigem Herzklopfen. Sie
legte eine kleine, in weiches Leder gekleidete
Linke in seine frostrote Rechte, fuhr mit ihm
dahin und verhehlte kaum ihre Belustigung
über seine hilflosen Anläufe zu einer galanten
Konversation. Schließlich machte sie sich mit
leichtem Dank und Kopfnicken los, und
gleich darauf hörte er sie mit ihren Freundinnen, von denen manche listig nach ihm her-

überschielte, so hell und boshaft lachen, wie es nur hübsche und verwöhnte kleine Mädchen können.

Das war ihm zu viel, er tat von da an diese ohnehin nicht echte Schwärmerei entrüstet von sich ab und machte sich ein Vergnügen daraus, künftighin den Fratz, wie er sie jetzt nannte, weder auf dem Eisplatz noch auf der Straße mehr zu grüßen.

Seine Freude darüber, dieser unwürdigen Fesseln einer faden Galanterie wieder ledig zu sein, suchte er dadurch zum Ausdruck zu bringen und womöglich zu erhöhen, daß er häufig in den Abendstunden mit einigen verwegenen Kameraden auf Abenteuer auszog. Sie hänselten die Polizeidiener, klopften an erleuchtete Parterrefenster, zogen an Glockensträngen und klemmten elektrische Drücker mit Zündholzspänen fest, brachten angekettete Hofhunde zur Raserei und erschreckten Mädchen und Frauen in entlegenen Vorstadtgassen durch Pfiffe, Knallerbsen und Kleinfeuerwerk.

Karl Bauer fühlte sich bei diesen Unternehmungen im winterlichen Abenddunkel eine Zeitlang überaus wohl; ein fröhlicher Übermut und zugleich ein beklemmendes Erlebnisfieber machte ihn dann wild und kühn und bereitete ihm ein köstliches Herzklopfen, das er niemand eingestand und das er doch wie einen Rausch genoß. Nachher spielte er dann zu Hause noch lange auf der Geige oder las spannende Bücher und kam sich dabei vor wie ein vom Beutezug heimgekehrter Raubritter, der seinen Säbel abgewischt und an die Wand gehängt und einen friedlich leuchtenden Kienspan entzündet hat.

Als aber bei diesen Dämmerungsfahrten allmählich alles immer wieder auf die gleichen Streiche und Ergötzungen hinauslief und als niemals etwas von den heimlich erwarteten richtigen Abenteuern passieren wollte, fing das Vergnügen allmählich an, ihm zu verleiden, und er zog sich von der ausgelassenen Kameradschaft enttäuscht mehr und mehr zurück. Und gerade an jenem Abend, da er zum letzenmal mitmachte und nur mit halbem Herzen noch dabei war, mußte ihm dennoch ein kleines Erlebnis blühen.

Die Buben liefen zu viert in der Brühelgasse hin und her, spielten mit kleinen Spazierstöckchen und sannen auf Schandtaten. Der eine hatte einen blechernen Zwicker auf der Nase, und alle vier trugen ihre Hüte und Mützen mit burschikoser Leichtfertigkeit schief auf dem Hinterkopf. Nach einer Weile wurden sie von einem eilig daherkommenden Dienstmädchen überholt, sie streifte rasch an ihnen vorbei und trug einen großen Henkelkorb am Arm. Aus dem Korbe hing ein langes Stück schwarzes Band herunter, flatterte bald lustig auf und berührte bald mit dem schon beschmutzten Ende den Boden.

Ohne eigentlich etwas dabei zu denken, faßte Karl Bauer in Übermut nach dem Bändel und hielt fest. Während die junge Magd sorglos weiterging, rollte das Band sich immer länger ab, und die Buben brachen in ein frohlockendes Gelächter aus. Da drehte das Mädchen sich um, stand wie der Blitz vor den lachenden Jünglingen, schön und jung und blond, gab dem Bauer eine Ohrfeige, nahm das verlorene Band hastig auf und eilte schnell davon.

Der Spott ging nun über den Gezüchtigten her, aber Karl war ganz schweigsam geworden und nahm an der nächsten Straßenecke kurzen Abschied.

Es war ihm sonderbar ums Herz. Das Mädchen, dessen Gesicht er nur einen Augenblick in der halbdunklen Gasse gesehen hatte, war ihm sehr schön und lieb erschienen, und der Schlag von ihrer Hand, so sehr er sich seiner schämte, hatte ihm mehr wohl als weh getan. Aber wenn er daran dachte, daß er dem lieben Geschöpf einen dummen Bubenstreich gespielt hatte und daß sie ihm nun zürnen und ihn für einen einfältigen Ulkmacher ansehen müsse, dann brannte ihn Reue und Scham.

Langsam ging er heim und pfiff auf der steilen Treppe diesmal kein Lied, sondern stieg still und bedrückt in seine Kammer hinauf. Eine halbe Stunde lang saß er in dem dunkeln und kalten Stüblein, die Stirn an der Fensterscheibe. Dann langte er die Geige hervor und spielte lauter sanfte, alte Lieder aus seiner Kinderzeit und darunter manche, die er seit vier und fünf Jahren nimmer gesungen oder gegeigt hatte. Er dachte an seine Schwester und an den Garten daheim, an den Kastanienbaum und an die rote Kapuzinerblüte an der Veranda, und an seine Mutter. Und als er dann müde und verwirrt zu Bett gegangen war und doch nicht gleich schlafen konnte, da geschah es dem trotzigen Abenteurer und Gassenhelden, daß er ganz leise und sanft zu weinen begann und stille weiter weinte, bis er eingeschlummert war.

Karl kam nun bei den bisherigen Genossen seiner abendlichen Streifzüge in den Ruf eines Feiglings und Deserteurs, denn er nahm nie wieder an diesen Gängen teil. Statt dessen las er den Don Carlos, die Gedichte Emanuel Geibels und die Hallig von Biernatzki, fing ein Tagebuch an und nahm die Hilfsbereitschaft der guten Babett nur selten mehr in Anspruch.

Diese gewann den Eindruck, es müsse etwas bei dem jungen Manne nicht in Ordnung sein, und da sie nun einmal eine Fürsorge um ihn übernommen hatte, erschien sie eines Tages an der Kammertür, um nach dem Rechten zu sehen. Sie kam nicht mit leeren Händen, sondern brachte ein schönes Stück Lyonerwurst mit und drang darauf, daß Karl es sofort vor ihren Augen verzehre.

»Ach laß nur, Babett«, meinte er, »jetzt hab ich gerade keinen Hunger.«

Sie war jedoch der Ansicht, junge Leute müßten zu jeder Stunde essen können, und ließ nicht nach, bis er ihren Willen erfüllt hatte. Sie hatte einmal von der Überbürdung der Jugend an den Gymnasien gehört und wußte nicht, wie fern ihr Schützling sich von jeder Überanstrengung im Studieren hielt. Nun sah sie in der auffallenden Abnahme seiner Eßlust eine beginnende Krankheit, redete ihm ernstlich ins Gewissen, erkundigte sich nach den Einzelheiten seines Befindens und bot ihm am Ende ein bewährtes volkstümliches Laxiermittel an. Da mußte Karl doch lachen und erklärte ihr, daß er völlig gesund sei und daß sein geringerer Appetit nur von einer Laune oder Verstimmung herrühre. Das begriff sie sofort.

»Pfeifen hört man dich auch fast gar nimmer«, sagte sie lebhaft, »und es ist dir doch niemand gestorben. Sag, du wirst doch nicht gar verliebt sein?«

Karl konnte nicht verhindern, daß er ein wenig rot wurde, doch wies er diesen Verdacht mit Entrüstung zurück und behauptete, ihm fehle nichts als ein wenig Zerstreuung, er habe Langeweile.

»Dann weiß ich dir gleich etwas«, rief Babett fröhlich. »Morgen hat die kleine Lies vom unteren Eck Hochzeit. Sie war ja schon lang genug verlobt, mit einem Arbeiter. Eine bessere Partie hätte sie schon machen können, sollte man denken, aber der Mann ist nicht unrecht, und das Geld allein macht auch nicht selig. Und zu der Hochzeit mußt du kommen, die Lies kennt dich ja schon, und alle haben eine Freude, wenn du kommst und zeigst, daß du nicht zu stolz bist. Die Anna vom Grünen Baum und die Gret vom Bischofseck sind auch da und ich, sonst nicht viel Leute. Wer sollt's auch zahlen? Es ist halt nur so eine stille Hochzeit, im Haus, und kein großes Essen und kein Tanz und nichts dergleichen. Man kann ohne das vergnügt sein.«

»Ich bin aber doch nicht eingeladen«, meinte Karl zweifelnd, da die Sache ihm nicht gar so verlockend vorkam. Aber die Babett lachte nur.

»Ach was, das besorg ich schon, und es handelt sich ja auch bloß um eine Stunde oder zwei am Abend. Und jetzt fällt mir noch das

Allerbeste ein! Du bringst deine Geige mit. –
Warum nicht gar! Ach, dumme Ausreden!
Du bringst sie mit, gelt ja, das gibt eine Un-
terhaltung, und man dankt dir noch dafür.«

Es dauerte nicht lange, so hatte der junge
Herr zugesagt.

Am andern Tage holte ihn die Babett gegen Abend ab; sie hatte ein wohlerhaltenes
Prachtkleid aus ihren jüngeren Jahren ange-
legt, das sie stark beengte und erhitzte, und sie
war ganz aufgeregt und rot vor Festfreude.
Doch duldete sie nicht, daß Karl sich um-
kleide, nur einen frischen Kragen solle er um-
legen, und die Stiefel bürstete sie trotz des
Staatskleides ihm sogleich an den Füßen ab.
Dann gingen sie miteinander in das ärmliche
Vorstadthaus, wo jenes junge Ehepaar eine
Stube nebst Küche und Kammer gemietet
hatte. Und Karl nahm seine Geige mit.

Sie gingen langsam und vorsichtig, denn
seit gestern war Tauwetter eingetreten, und
sie wollten doch mit reinen Stiefeln draußen
ankommen. Babett trug einen ungeheuer
großen und massiven Regenschirm unter den
Arm geklemmt und hielt ihren rotbraunen
Rock mit beiden Händen hoch heraufge-

zogen, nicht zu Karls Freude, der sich ein wenig schämte, mit ihr gesehen zu werden.

In dem sehr bescheidenen, weißgegipsten Wohnzimmer der Neuvermählten saßen um den tannenen, sauber gedeckten Eßtisch sieben oder acht Menschen beieinander, außer dem Paare selbst zwei Kollegen des Hochzeiters und ein paar Basen oder Freundinnen der jungen Frau. Es hatte einen Schweinebraten mit Salat zum Festmahl gegeben, und nun stand ein Kuchen auf dem Tisch und daneben am Boden zwei große Bierkrüge. Als die Babett mit Karl Bauer ankam, standen alle auf, der Hausherr machte zwei schamhafte Verbeugungen, die redegewandte Frau übernahm die Begrüßung und Vorstellung, und jeder von den Gästen gab den Angekommenen die Hand.

»Nehmet vom Kuchen«, sagte die Wirtin. Und der Mann stellte schweigend zwei neue Gläser hin und schenkte Bier ein.

Karl hatte, da noch keine Lampe angezündet war, bei der Begrüßung niemand als die Gret vom Bischofseck erkannt. Auf einen Wink Babetts drückte er ein in Papier gewickeltes Geldstück, das sie ihm zu diesem

Zwecke vorher übergeben hatte, der Hausfrau in die Hand und sagte einen Glückwunsch dazu. Dann wurde ihm ein Stuhl hingeschoben, und er kam vor sein Bierglas zu sitzen.

In diesem Augenblick sah er mit plötzlichem Erschrecken neben sich das Gesicht jener jungen Magd, die ihm neulich in der Brühelgasse die Ohrfeige versetzt hatte. Sie schien ihn jedoch nicht zu erkennen, wenigstens sah sie ihm gleichmütig ins Gesicht und hielt ihm, als jetzt auf den Vorschlag des Wirtes alle miteinander anstießen, freundlich ihr Glas entgegen. Hierdurch ein wenig beruhigt, wagte Karl sie offen anzusehen. Er hatte in letzter Zeit jeden Tag oft genug an dies Gesicht gedacht, das er damals nur einen Augenblick und seither nicht wieder gesehen hatte, und nun wunderte er sich, wie anders sie aussah. Sie war sanfter und zarter, auch etwas schlanker und leichter als das Bild, das er von ihr herumgetragen hatte. Aber sie war nicht weniger hübsch und noch viel liebreizender, und es wollte ihm scheinen, sie sei kaum älter als er.

Während die andern, namentlich Babett

und die Anna, sich lebhaft unterhielten, wußte Karl nichts zu sagen und saß stille da, drehte sein Bierglas in der Hand und ließ die junge Blonde nicht aus den Augen. Wenn er daran dachte, wie oft es ihn verlangt hatte, diesen Mund zu küssen, erschrak er beinahe, denn es schien ihm nun, je länger er sie ansah, desto schwieriger und verwegener, ja ganz unmöglich zu sein.

Er wurde kleinlaut und blieb eine Weile schweigsam und unfroh sitzen. Da rief ihn die Babett auf, er solle seine Geige nehmen und etwas spielen. Der Junge sträubte und zierte sich ein wenig, griff dann aber in den Kasten, zupfte, stimmte und spielte ein beliebtes Lied, das, obwohl er zu hoch angestimmt hatte, die ganze Gesellschaft sogleich mitsang.

Damit war das Eis gebrochen, und es entstand eine laute Fröhlichkeit um den Tisch. Eine nagelneue kleine Stehlampe ward vorgezeigt, mit Öl gefüllt und angezündet, Lied um Lied klang in der Stube auf, ein frischer Krug Bier wurde aufgestellt, und als Karl Bauer einen der wenigen Tänze, die er konnte, anstimmte, waren im Augenblick drei Paare auf dem Plan und drehten sich lachend durch den viel zu engen Raum.

Gegen neun Uhr brachen die Gäste auf. Die Blonde hatte eine Straße lang denselben Weg wie Karl und Babett, und auf diesem Wege wagte er es, ein Gespräch mit dem Mädchen zu führen.

»Wo sind Sie denn hier im Dienst?« fragte er schüchtern.

»Beim Kaufmann Kolderer, in der Salzgasse am Eck.«

»So, so.«

»Ja.«

»Ja freilich. So . . .«

Dann gab es eine längere Pause. Aber er riskierte es und fing noch einmal an.

»Sind Sie schon lange hier?«

»Ein halb Jahr.«

»Ich mein immer, ich hätte Sie schon einmal gesehen.«

»Ich Sie aber nicht.«

»Einmal am Abend, in der Brühelgasse, nicht?«

»Ich weiß nichts davon. Liebe Zeit, man kann ja nicht alle Leute auf der Gasse so genau angucken.«

Glücklich atmete er auf, daß sie den Übeltäter von damals nicht in ihm erkannt hatte; er war schon entschlossen gewesen, sie um Verzeihung zu bitten.

Da war sie an der Ecke ihrer Straße und blieb stehen, um Abschied zu nehmen. Sie gab der Babett die Hand, und zu Karl sagte sie: »Adieu denn, Herr Student. Und danke auch schön!«

»Für was denn?«

»Für die Musik, für die schöne. Also gut Nacht miteinander.«

Karl streckte ihr, als sie eben umdrehen wollte, die Hand hin und sie legte die ihre flüchtig darein. Dann war sie fort.

Als er nachher auf dem Treppenabsatz der Babett gut Nacht sagte, fragte sie: »Nun, ist's schön gewesen oder nicht?«

»Schön ist's gewesen, wunderschön, jawohl«, sagte er glücklich und war froh, daß es so dunkel war, denn er fühlte, wie ihm das warme Blut ins Gesicht stieg.

Die Tage nahmen zu. Es wurde allmählich wärmer und blauer, auch in den verstecktesten Gräben und Hofwinkeln schmolz das alte graue Grundeis weg, und an hellen Nachmittagen wehte schon Vorfrühlingsahnung in den Lüften.

Da eröffnete auch die Babett ihren abendlichen Hofzirkel wieder und saß, sooft es die Witterung dulden wollte, vor der Kellereinfahrt im Gespräch mit ihren Freundinnen und Schutzbefohlenen. Karl aber hielt sich fern und lief in der Traumwolke seiner Verliebtheit herum. Das Vivarium in seiner Stube hatte er eingehen lassen, auch das Schnitzen und Schreinern trieb er nicht mehr. Dafür hatte er sich ein Paar eiserne Hanteln von unmäßiger Größe und Schwere angeschafft und turnte damit, wenn das Geigen nimmer helfen wollte, bis zur Erschöpfung in seiner Kammer auf und ab.

Drei- oder viermal war er der hellblonden jungen Magd wieder auf der Gasse begegnet und hatte sie jedesmal liebenswerter und schöner gefunden. Aber mit ihr gesprochen hatte er nicht mehr und sah auch keine Aussicht dazu offen.

Da geschah es an einem Sonntagnachmittag, dem ersten Sonntag im März, daß er beim Verlassen des Hauses nebenan im Höf-

lein die Stimmen der versammelten Mägde
erlauschte und in plötzlich erregter Neugierde sich ans angelegte Tor stellte und durch
den Spalt hinausspähte. Er sah die Gret und
die fröhliche Margret aus der Binderei da-
sitzen und hinter ihnen einen lichtblonden
Kopf, der sich in diesen Augenblick ein wenig
erhob. Und Karl erkannte sein Mädchen, die
blonde Tine, und mußte vor frohem Schrek-
ken erst veratmen und sich zusammenraffen,
ehe er die Tür aufstoßen und zu der Gesellschaft treten konnte.

»Wir haben schon gemeint, der Herr sei
vielleicht zu stolz geworden«, rief die Margret
lachend und streckte ihm als erste die Hand
entgegen. Die Babett drohte ihm mit dem
Finger, machte ihm aber zugleich einen Platz
frei und hieß ihn sitzen. Dann fuhren die
Weiber in ihren vorigen Gesprächen fort.
Karl aber verließ sobald wie möglich seinen
Sitz und schritt eine Weile hin und her, bis er
neben der Tine haltmachte.

»So, sind Sie auch da?« fragte er leise.

»Jawohl, warum auch nicht? Ich habe immer geglaubt, Sie kämen einmal. Aber Sie
müssen gewiß alleweil lernen.«

»Oh, so schlimm ist das nicht mit dem Lernen, das läßt sich noch zwingen. Wenn ich nur gewußt hätte, daß Sie dabei sind, dann wär ich sicher immer gekommen.«

»Ach, gehen Sie doch mit so Komplimenten!«

»Es ist aber wahr, ganz gewiß. Wissen Sie, damals bei der Hochzeit ist es so schön gewesen.«

»Ja, ganz nett.«

»Weil Sie dort gewesen sind, bloß deswegen.«

»Sagen Sie keine so Sachen, Sie machen ja nur Spaß.«

»Nein, nein. Sie müssen mir nicht bös sein.«

»Warum auch bös?«

»Ich hatte schon Angst, ich sehe Sie am Ende gar nimmer.«

»So, und was dann?«

»Dann – dann weiß ich gar nicht, was ich getan hätte. Vielleicht wär ich ins Wasser gesprungen.«

»O je, 's wär schad um die Haut, sie hätt können naß werden.«

»Ja, Ihnen wär's natürlich nur zum Lachen gewesen.«

»Das doch nicht. Aber Sie reden auch ein Zeug, daß man ganz sturm im Kopf könnt werden. Geben Sie Obacht, sonst auf einmal glaub ich's Ihnen.«

»Das dürfen Sie auch tun, ich mein es nicht anders.«

Hier wurde er von der herben Stimme der Gret übertönt. Sie erzählte schrill und klagend eine lange Schreckensgeschichte von einer bösen Herrschaft, die eine Magd erbärmlich behandelt und gespeist und dann, nachdem sie krank geworden war, ohne Sang und Klang entlassen hatte. Und kaum war sie mit dem Erzählen fertig, so fiel der Chor der andern laut und heftig ein, bis die Babett zum Frieden mahnte. Im Eifer der Debatte hatte Tines nächste Nachbarin dieser den Arm um die Hüfte gelegt, und Karl Bauer merkte, daß er einstweilen auf eine Fortführung des Zwiegespräches verzichten müsse.

Er kam auch zu keiner neuen Annäherung, harrte aber wartend aus, bis nach nahezu zwei Stunden die Margret das Zeichen zum Aufbruch gab. Es war schon dämmerig und kühl geworden. Er sagte kurz adieu und lief eilig davon.

Als eine Viertelstunde später die Tine sich in der Nähe ihres Hauses von der letzten Begleiterin verabschiedet hatte und die kleine Strecke vollends allein ging, trat plötzlich hinter einem Ahornbaume hervor der Lateinschüler ihr in den Weg und grüßte sie mit schüchterner Höflichkeit. Sie erschrak ein wenig und sah ihn beinahe zornig an.

»Was wollen Sie denn, Sie?«

Da bemerkte sie, daß der junge Kerl ganz ängstlich und bleich aussah, und sie milderte Blick und Stimme beträchtlich.

»Also, was ist's denn mit Ihnen?«

Er stotterte sehr und brachte wenig Deutliches heraus. Dennoch verstand sie, was er meine, und verstand auch, daß es ihm Ernst sei, und kaum sah sie den Jungen so hilflos in ihre Hände geliefert, so tat er ihr auch schon leid, natürlich ohne daß sie darum weniger Stolz und Freude über ihren Triumph empfunden hätte.

»Machen Sie keine dummen Sachen«, redete sie ihm gütig zu. Und als sie hörte, daß er erstickte Tränen in der Stimme hatte, fügte sie hinzu: »Wir sprechen ein andermal miteinander, jetzt muß ich heim. Sie dürfen auch nicht so aufgeregt sein, nicht wahr? Also aufs Wiedersehen!«

Damit enteilte sie nickend, und er ging langsam, langsam davon, während die Dämmerung zunahm und vollends in Finsternis und Nacht überging. Er schritt durch Straßen und über Plätze, an Häusern, Mauern, Gärten und sanftfließenden Brunnen vorbei, ins Feld vor die Stadt hinaus und wieder in die Stadt hinein, unter den Rathausbogen hindurch und am oberen Marktplatz hin, aber alles war verwandelt und ein unbekanntes Fabelland geworden. Er hatte ein Mädchen lieb, und er hatte es ihr gesagt, und sie war gütig gegen ihn gewesen und hatte »auf Wiedersehen« zu ihm gesagt!

Lange schritt er ziellos so umher, und da es ihm kühl wurde, hatte er die Hände in die Hosentaschen gesteckt, und als er beim Einbiegen in seine Gasse aufschaute und den Ort erkannte und aus seinem Traum erwachte, fing er ungeachtet der späten Abendstunde an laut und durchdringend zu pfeifen. Es tönte widerhallend durch die nächtige Straße und verklang erst im kühlen Hausgang der Witwe Kusterer.

Tine machte sich darüber, was aus der Sache werden solle, viele Gedanken, jedenfalls mehr als der Verliebte, der vor Erwartungsfieber und süßer Erregung nicht zum Nachdenken kam. Das Mädchen fand, je länger sie sich das Geschehene vorhielt und überlegte, desto weniger Tadelnswertes an dem hübschen Knaben; auch war es ihr ein neues und köstliches Gefühl, einen so feinen und gebildeten, dazu unverdorbenen Jüngling in sie verliebt zu wissen. Dennoch dachte sie keinen Augenblick an ein Liebesverhältnis, das ihr nur Schwierigkeiten oder gar Schaden bringen und jedenfalls zu keinem soliden Ziele führen konnte.

Hingegen widerstrebte es ihr auch wieder, dem armen Buben durch eine harte Antwort oder durch gar keine wehe zu tun. Am liebsten hätte sie ihn halb schwesterlich, halb mütterlich in Güte und Scherz zurechtgewiesen. Mädchen sind in diesen Jahren schon fertiger und ihres Wesens sicherer als Knaben, und eine Dienstmagd vollends, die ihr eigen Brot verdient, ist in Dingen der Lebensklugheit jedem Schüler oder Studentlein weit überlegen, zumal wenn dieser verliebt ist und sich willenlos ihrem Gutdünken überläßt.

Die Gedanken und Entschlüsse der bedrängten Magd schwankten zwei Tage lang hin und wider. Sooft sie zu dem Schluß gekommen war, eine strenge und deutliche Abweisung sei doch das Richtige, sooft wehrte sich ihr Herz, das in den Jungen zwar nicht verliebt, aber ihm doch in mitleidig-gütigem Wohlwollen zugetan war.

Und schließlich machte sie es, wie es die meisten Leute in derartigen Lagen machen: sie wog ihre Entschlüsse so lang gegeneinander ab, bis sie gleichsam abgenutzt waren und zusammen wieder dasselbe zweifelnde Schwanken darstellten wie in der ersten Stunde. Und als es Zeit zu handeln war, tat und sagte sie kein Wort von dem zuvor Bedachten und Beschlossenen, sondern überließ sich völlig dem Augenblick, gerade wie Karl Bauer auch.

Diesem begegnete sie am dritten Abend, als sie ziemlich spät noch auf einen Ausgang geschickt wurde, in der Nähe ihres Hauses. Er grüßte bescheiden und sah ziemlich kleinlaut aus. Nun standen die zwei jungen Leute voreinander und wußten nicht recht, was sie einander zu sagen hätten. Die Tine fürchtete, man möchte sie sehen, und trat schnell in eine offenstehende, dunkle Toreinfahrt, wohin Karl ihr ängstlich folgte. Nebenzu scharrten Rosse in einem Stall, und in irgendeinem benachbarten Hof oder Garten probierte ein unerfahrener Dilettant seine Anfängergriffe auf einer Blechflöte.

»Was der aber zusammenbläst!« sagte Tine leise und lachte gezwungen.

»Tine!«

»Ja, was denn?«

»Ach, Tine – –«

Der scheue Junge wußte nicht, was für ein Spruch seiner warte, aber es wollte ihm scheinen, die Blonde zürne ihm nicht unversöhnlich.

»Du bist so lieb«, sagte er ganz leise und erschrak sofort darüber, daß er sie ungefragt geduzt hatte.

Sie zögerte eine Weile mit der Antwort. Da griff er, dem der Kopf ganz leer und wirbelig war, nach ihrer Hand, und er tat es so schüchtern und hielt die Hand so ängstlich lose und bittend, daß es ihr unmöglich wurde, ihm den verdienten Tadel zu erteilen. Vielmehr lächelte sie und fuhr dem armen Liebhaber mit ihrer freien Linken sachte übers Haar.

»Bist du mir auch nicht bös?« fragte er, selig bestürzt.

»Nein, du Bub, du kleiner«, lachte die Tine nun freundlich. »Aber fort muß ich jetzt, man wartet daheim auf mich. Ich muß ja noch Wurst holen.«

»Darf ich nicht mit?«

»Nein, was denkst du auch! Geh voraus und heim, nicht daß uns jemand beieinander sieht.«

»Also gut Nacht, Tine.«

»Ja, geh jetzt nur! Gut Nacht.«

Er hatte noch mehreres fragen und erbitten wollen, aber er dachte jetzt nimmer daran und ging glücklich fort, mit leichten, ruhigen Schritten, als sei die gepflasterte Stadtstraße ein weicher Rasenboden, und mit blinden, einwärtsgekehrten Augen, als komme er aus einem blendend lichten Lande. Er hatte ja kaum mit ihr gesprochen, aber er hatte du zu ihr gesagt und sie zu ihm, er hatte ihre Hand gehalten, und sie war ihm mit der ihren übers Haar gefahren. Das schien ihm mehr als genug, und auch noch nach vielen Jahren fühlte er, sooft er an diesen Abend dachte, ein Glück und eine dankbare Güte seine Seele wie ein Lichtschein erfüllen.

Die Tine freilich, als sie nachträglich das Begebnis überdachte, konnte durchaus nimmer begreifen, wie das zugegangen war. Doch fühlte sie wohl, daß Karl an diesem Abend ein Glück erlebt habe und ihr dafür dankbar sei, auch vergaß sie seine kindliche Verschämtheit nicht und konnte schließlich in dem Geschehenen kein so großes Unheil finden. Immerhin wußte sich das kluge Mädchen von jetzt an für den Schwärmer verantwortlich und nahm sich vor, ihn so sanft und sicher wie möglich an dem angesponnenen Faden zum Rechten zu führen. Denn daß eines Menschen erste Verliebtheit, sie möge noch so heilig und köstlich sein, doch nur ein Behelf und ein Umweg sei, das hatte sie, es war noch nicht so lange her, selber mit Schmerzen am eignen Leben erfahren. Nun hoffte sie, dem Kleinen ohne unnötiges Wehetun über die Sache hinüberzuhelfen.

Das nächste Wiedersehen geschah erst am Sonntag bei der Babett. Dort begrüßte Tine den Gymnasiasten freundlich, nickte ihm von ihrem Platze aus ein- oder zweimal lächelnd zu, zog ihn mehrmals mit ins Gespräch und schien im übrigen nicht anders mit ihm zu stehen als früher. Für ihn aber war jedes Lächeln von ihr ein unschätzbares Geschenk und jeder Blick eine Flamme, die ihn mit Glanz und Glut umhüllte.

Einige Tage später aber kam Tine endlich dazu, deutlich mit dem Jungen zu reden. Es war nachmittags nach der Schule, und Karl hatte wieder in der Gegend um ihr Haus herum gelauert, was ihr nicht gefiel. Sie nahm ihn durch den kleinen Garten in einen Holzspeicher hinter dem Hause mit, wo es nach Sägespänen und trockenem Buchenholz roch. Dort nahm sie ihn vor, untersagte ihm vor allem sein Verfolgen und Auflauern und machte ihm klar, was sich für einen jungen Liebhaber von seiner Art gebühre.

»Du siehst mich jedesmal bei der Babett, und von dort kannst du mich ja allemal begleiten, wenn du magst, aber nur bis dahin, wo die andern mitgehen, nicht den ganzen Weg. Allein mit mir gehen darfst du nicht, und wenn du vor den andern nicht Obacht gibst und dich zusammennimmst, dann geht alles schlecht. Die Leute haben ihre Augen überall, und wo sie's rauchen sehen, schreien sie gleich Feurio.«

»Ja, wenn ich doch aber dein Schatz bin«, erinnerte Karl etwas weinerlich. Sie lachte.

»Mein Schatz! Was heißt jetzt das wieder! Sag das einmal der Babett oder deinem Vater daheim, oder deinem Lehrer! Ich hab dich ja ganz gern und will nicht unrecht mit dir sein, aber eh du mein Schatz sein könntest, da müßtest du vorher dein eigner Herr sein und dein eignes Brot essen, und bis dahin ist's doch noch recht lang. Einstweilen bist du einfach ein verliebter Schulbub, und wenn ich's nicht gut mit dir meinte, würd ich gar nimmer mit dir darüber reden. Deswegen brauchst du aber nicht den Kopf zu hängen, das bessert nichts.«

»Was soll ich dann tun? Hast du mich nicht gern?«

»O Kleiner! Davon ist doch nicht die Rede. Nur vernünftig sein sollst du und nicht Sachen verlangen, die man in deinem Alter noch nicht haben kann. Wir wollen gute Freunde sein und einmal abwarten, mit der Zeit kommt schon alles, wie es soll.«

»Meinst du? Aber du, etwas hab ich doch sagen wollen ––«

»Und was?«

»Ja, sieh – nämlich – –«

»Red doch!«

»– ob du mir nicht auch einmal einen Kuß geben willst.«

Sie betrachtete sein rotgewordenes, unsicher fragendes Gesicht und seinen knabenhaften, hübschen Mund, und einen Augenblick schien es ihr nahezu erlaubt, ihm den Willen zu tun. Dann schalt sie sich aber sogleich und schüttelte streng den blonden Kopf.

»Einen Kuß? Für was denn?«

»Nur so. Du mußt nicht bös sein.«

»Ich bin nicht bös. Aber du mußt auch nicht keck werden. Später einmal reden wir wieder davon. Kaum kennst du mich und willst gleich küssen! Mit so Sachen soll man kein Spiel treiben. Also sei jetzt brav, am Sonntag sehe ich dich wieder, und dann könntest du auch einmal deine Geige bringen, nicht?«

»Ja, gern.«

Sie ließ ihn gehen und sah ihm nach, wie er nachdenklich und ein wenig unlustig davonschritt. Und sie fand, er sei doch ein ordentlicher Kerl, dem sie nicht zu weh tun dürfe.

Wenn Tines Ermahnungen auch eine bittere Pille für Karl gewesen waren, er folgte doch und befand sich nicht schlecht dabei. Zwar hatte er vom Liebeswesen einigermaßen andre Vorstellungen gehabt und war anfangs ziemlich enttäuscht, aber bald entdeckte er die alte Wahrheit, daß Geben seliger als Nehmen ist und daß Lieben schöner ist und seliger macht als Geliebtwerden. Daß er seine Liebe nicht verbergen und sich ihrer nicht schämen mußte, sondern sie anerkannt, wenn auch zunächst nicht belohnt sah, daß gab ihm ein Gefühl der Lust und Freiheit und hob ihn aus dem engen Kreis seiner bisherigen unbedeutenden Existenz in die höhere Welt der großen Gefühle und Ideale.

Bei den Zusammenkünften der Mägde spielte er jetzt jedesmal ein paar Stücklein auf der Geige vor.

»Das ist bloß für dich, Tine«, sagte er nachher, »weil ich dir sonst nichts geben und zulieb tun kann.«

Der Frühling rückte näher und war plötzlich da, mit gelben Sternblumen auf zartgrünen Matten, mit dem tiefen Föhnblau ferner Waldgebirge, mit feinen Schleiern jungen Laubes im Gezweige und wiederkehrenden Zugvögeln. Die Hausfrauen stellten ihre Stockscherben mit Hyazinthen und Geranien auf die grünbemalten Blumenbretter vor den Fenstern. Die Männer verdauten mittags unterm Haustor in Hemdärmeln und konnten abends im Freien Kegel schieben. Die jungen Leute kamen in Unruhe, wurden schwärmerischer und verliebten sich.

An einem Sonntag, der mildblau und lächelnd über dem schon grünen Flußtal aufgegangen war, ging die Tine mit einer Freundin spazieren. Sie wollten eine Stunde weit nach der Emanuelsburg laufen, einer Ruine im Wald. Als sie aber schon gleich vor der Stadt an einem fröhlichen Wirtsgarten vorüberkamen, wo eine Musik erschallte und auf einem runden Rasenplatz ein Schleifer getanzt wurde, gingen sie zwar an der Versuchung vorüber, aber langsam und zögernd, und als die Straße einen Bogen machte, und als sie bei dieser Windung noch einmal das süß anschwellende Wogen der schon ferner tönenden Musik vernahmen, da gingen sie noch langsamer und gingen schließlich gar nicht mehr, sondern lehnten am Wiesengatter des Straßenrandes und lauschten hinüber, und als sie nach einer Weile wieder Kraft zum Gehen hatten, war doch die lustig-sehnsüchtige Musik stärker als sie und zog sie rückwärts.

»Die alte Emanuelsburg läuft uns nicht davon«, sagte die Freundin, und damit trösteten sich beide und traten errötend und mit gesenkten Blicken in den Garten, wo man durch ein Netzwerk von Zweigen und braunen, harzigen Kastanienknospen den Himmel noch blauer lachen sah. Es war ein herrlicher Nachmittag, und als Tine gegen Abend in die Stadt zurückkehrte, tat sie es nicht allein, sondern wurde höflich von einem kräftigen, hübschen Mann begleitet.

Und diesmal war die hübsche Tine an den Rechten gekommen. Er war ein Zimmermannsgesell, der mit dem Meisterwerden und einer Heirat nicht mehr allzu lange zu warten brauchte. Er sprach andeutungsweise und stockend von seiner Liebe und deutlich und fließend von seinen Verhältnissen und Aus-

sichten. Es zeigte sich, daß er unbekannter-
weise die Tine schon einigemal gesehen und
begehrenswert gefunden hatte und daß es ihm
nicht nur um ein vorübergehendes Liebesver-
gnügen zu tun war. Eine Woche lang sah sie
ihn täglich und gewann ihn täglich lieber,
zugleich besprachen sie alles Nötige, und
dann waren sie einig und galten voreinander
und vor ihren Bekannten als Verlobte.

Auf die erste traumartige Erregung folgte
bei Tine ein stilles, fast feierliches Fröhlichsein,
über welchem sie eine Weile alles vergaß, auch
den armen Schüler Karl Bauer, der in dieser
ganzen Zeit vergeblich auf sie wartete.

Als ihr der vernachlässigte Junge wieder ins
Gedächtnis kam, tat er ihr so leid, daß sie im
ersten Augenblick daran dachte, ihm die
Neuigkeit noch eine Zeitlang vorzuenthal-
ten. Dann wieder schien ihr dies doch nicht
gut und erlaubt zu sein, und je mehr sie es
bedachte, desto schwieriger kam die Sache ihr
vor. Sie bangte davor, sogleich ganz offen mit
dem Ahnungslosen zu reden, und wußte
doch, daß das der einzige Weg zum Guten
war; und jetzt sah sie erst ein, wie gefährlich

ihr wohlgemeintes Spiel mit dem Knaben gewesen war. Jedenfalls mußte etwas geschehen, ehe der Junge durch andre von ihrem neuen Verhältnis erfuhr. Sie wollte nicht, daß er schlecht von ihr denke. Sie fühlte, ohne es deutlich zu wissen, daß sie dem Jüngling einen Vorgeschmack und eine Ahnung der Liebe gegeben hatte und daß die Erkenntnis des Betrogenseins ihn schädigen und ihm das Erlebte vergiften würde. Sie hatte nie gedacht, daß diese Knabengeschichte ihr so zu schaffen machen könnte.

Am Ende ging sie in ihrer Ratlosigkeit zur Babett, welche freilich in Liebesangelegenheiten nicht die berufenste Richterin sein mochte. Aber sie wußte, daß die Babett ihren Lateinschüler gern hatte und sich um sein Ergehen sorgte, und so wollte sie lieber einen Tadel von ihr ertragen, als den jungen Verliebten unbehütet alleingelassen wissen.

Der Tadel blieb nicht aus. Die Babett, nachdem sie die ganze Erzählung des Mädchens aufmerksam und schweigend angehört hatte, stampfte zornig auf den Boden und fuhr die Bekennerin mit rechtschaffener Entrüstung an.

»Mach keine schönen Worte!« rief sie ihr heftig zu. »Du hast ihn einfach an der Nase herumgeführt und deinen gottlosen Spaß mit ihm gehabt, mit dem Bauer, und nichts weiter.«

»Das Schimpfen hilft nicht viel, Babett. Weißt du, wenn mir's bloß ums Amüsieren gewesen wär, dann wär ich jetzt nicht zu dir gelaufen und hätte dir's eingestanden. Es ist mir nicht so leicht gewesen.«

»So? Und jetzt, was stellst du dir vor? Wer soll jetzt die Suppe ausfressen, he? Ich vielleicht? Und es bleibt ja doch alles an dem Bub hangen, an dem armen.«

»Ja, der tut mir leid genug. Aber hör mir zu. Ich meine, ich rede jetzt mit ihm und sag ihm alles selber, ich will mich nicht schonen. Nur hab ich wollen, daß du davon weißt, damit du nachher kannst ein Aug auf ihn haben, falls es ihn zu arg plagt. – Wenn du also willst –?«

»Kann ich denn anders? Kind, dummes, vielleicht lernst du was dabei. Die Eitelkeit und das Herrgottspielenwollen betreffend, meine ich. Es könnte nicht schaden.«

Diese Unterredung hatte das Ergebnis, daß

die alte Magd noch am am selben Tag eine Zusammenkunft der beiden im Hofe veranstaltete, ohne daß Karl ihre Mitwisserschaft erriet. Es ging gegen den Abend, und das Stückchen Himmel über dem kleinen Hofraum glühte mit schwachem Goldfeuer. In der Torecke aber war es dunkel, und niemand konnte die zwei jungen Leute dort sehen.

»Ja, ich muß dir was sagen, Karl«, fing das Mädchen an. »Heut müssen wir einander adieu sagen. Es hat halt alles einmal sein Ende.«

»Aber was denn – – warum –?«

»Weil ich jetzt einen Bräutigam hab –«

»Einen – – –«

»Sei ruhig, gelt, und hör mich zuerst. Siehst, du hast mich ja gern gehabt, und ich hab dich nicht wollen so ohne Hü und ohne Hott fortschicken. Ich hab dir ja auch gleich gesagt, weißt du, daß du dich deswegen nicht als meinen Schatz ansehen darfst, nicht wahr?«

Karl schwieg.

»Nicht wahr?«

»Ja, also.«

»Und jetzt müssen wir ein Ende machen, und du mußt es auch nicht schwernehmen, es ist die Gasse voll mit Mädchen, und ich bin nicht die einzige und auch nicht die rechte für dich, wo du doch studierst und später ein Herr wirst und vielleicht ein Doktor.«

»Nein du, Tine, sag das nicht!«

»Es ist halt doch so und nicht anders. Und das will ich dir auch noch sagen, daß das niemals das Richtige ist, wenn man sich zum erstenmal verliebt. So jung weiß man ja noch gar nicht, was man will. Es wird nie etwas draus, und später sieht man dann alles anders an und sieht ein, daß es nicht das Rechte war.«

Karl wollte etwas antworten, er hatte viel dagegen zu sagen, aber vor Leid brachte er kein Wort heraus.

»Hast du was sagen wollen?« fragte die Tine.

»O du, du weißt ja gar nicht − −«

»Was, Karl?«

»Ach, nichts. O Tine, was soll ich denn anfangen?«

»Nichts anfangen, bloß ruhig bleiben. Das dauert nicht lang, und nachher bist du froh, daß es so gekommen ist.«

»Du redest, ja, du redest −«

»Ich red nur, was in der Ordnung ist, und

du wirst sehen, daß ich ganz recht hab, wenn du auch jetzt nicht dran glauben willst. Es tut mir ja leid, du, es tut mir wirklich so leid.«

»Tut's dir? – Tine, ich will ja nichts sagen, du sollst ja ganz recht haben – – aber daß das alles so auf einmal aufhören soll, alles –«

Er kam nicht weiter, und sie legte ihm die Hand auf die zuckende Schulter und wartete still, bis sein Weinen nachließ.

»Hör mich«, sagte sie dann entschlossen. »Du mußt mir jetzt versprechen, daß du brav und gescheit sein willst.«

»Ich will nicht gescheit sein! Tot möcht ich sein, lieber tot, als so – –«

»Du, Karl, tu nicht so wüst! Schau, du hast früher einmal einen Kuß von mir haben wollen – weißt noch?«

»Ich weiß.«

»Also. Jetzt, wenn du brav sein willst – sieh, ich mag doch nicht, daß du nachher übel von mir denkst; ich möcht so gern im guten von dir Abschied nehmen. Wenn du brav sein willst, dann will ich dir den Kuß heut geben. Willst du?«

Er nickte nur und sah sie ratlos an. Und sie trat dicht zu ihm hin und gab ihm den Kuß, und der war still und ohne Gier, rein gegeben und genommen. Zugleich nahm sie seine Hand und drückte sie leise, dann ging sie schnell durchs Tor in den Hausgang und davon.

Karl Bauer hörte ihre Schritte im Gang schallen und verklingen; er hörte, wie sie das Haus verließ und über die Vortreppe auf die Straße ging. Er hörte es, aber er dachte an andre Dinge.

Er dachte an eine winterliche Abendstunde, in der ihm auf der Gasse eine junge blonde Magd eine Ohrfeige gegeben hatte, und dachte an einen Vorfrühlingsabend, da im Schatten einer Hofeinfahrt ihm eine Mädchenhand das Haar gestreichelt hatte, und die Welt war verzaubert, und die Straßen der Stadt waren fremde, selig schöne Räume gewesen. Melodien fielen ihm ein, die er früher gegeigt hatte, und jener Hochzeitsabend in der Vorstadt mit Bier und Kuchen. Bier und Kuchen, kam es ihm vor, war eigentlich eine lächerliche Zusammenstellung, aber er konnte nicht weiter daran denken, denn er hatte ja seinen Schatz verloren und war betrogen und verlassen worden. Freilich, sie hatte ihm einen Kuß gegeben – einen Kuß . . . O Tine!

Müde setzte er sich auf eine von den vielen leeren Kisten, die im Hof herumstanden. Das kleine Himmelsviereck über ihm wurde rot und wurde silbern, dann erlosch es und blieb lange Zeit tot und dunkel, und nach Stunden, da es mondhell wurde, saß Karl Bauer noch immer auf seiner Kiste, und sein verkürzter Schatten lag schwarz und mißgestaltet vor ihm auf dem unebenen Steinpflaster.

Es waren nur flüchtige und vereinzelte Blicke eines Zaungastes gewesen, die der junge Bauer ins Land der Liebe getan hatte, aber sie waren hinreichend gewesen, ihm das Leben ohne den Trost der Frauenliebe traurig und wertlos erscheinen zu lassen. So lebte er jetzt leere und schwermütige Tage und verhielt sich gegen die Ereignisse und Pflichten des alltäglichen Lebens teilnahmslos wie einer, der nicht mehr dazu gehört. Sein Griechischlehrer verschwendete nutzlose Ermahnungen an den unaufmerksamen Träumer; auch die guten Bissen der getreuen Babett schlugen ihm nicht an, und ihr wohlgemeinter Zuspruch glitt ohne Wirkung an ihm ab.

Es waren eine sehr scharfe, außerordentliche Vermahnung vom Rektor und eine schmähliche Arreststrafe nötig, um den Entgleisten wieder auf die Bahn der Arbeit und Vernunft zu zwingen. Er sah ein, daß es töricht und ärgerlich wäre, gerade vor dem letzten Schuljahr noch sitzenzubleiben, und begann in die immer länger werdenden Frühsommerabende hinein zu studieren, daß ihm der Kopf rauchte. Das war der Anfang der Genesung.

Manchmal suchte er noch die Salzgasse auf, in der Tine gewohnt hatte, und begriff nicht, warum er ihr kein einziges Mal begegnete. Das hatte jedoch seinen guten Grund. Das Mädchen war schon bald nach ihrem letzten Gespräch mit Karl abgereist, um in der Heimat ihre Aussteuer fertigzumachen. Er glaubte, sie sei noch da und weiche ihm aus, und nach ihr fragen mochte er niemand, auch die Babett nicht. Nach solchen Fehlgängen kam er, je nachdem, ingrimmig oder traurig heim, stürmte wild auf der Geige oder starrte lang durchs kleine Fenster auf die vielen Dächer hinaus.

Immerhin ging es vorwärts mit ihm, und

daran hatte auch die Babett ihren Teil. Wenn sie merkte, daß er einen übeln Tag hatte, dann kam sie nicht selten am Abend heraufgestiegen und klopfte an seine Türe. Und dann saß sie, obwohl sie ihn nicht wissen lassen wollte, daß sie den Grund seines Leides kenne, lange bei ihm und brachte ihm Trost. Sie redete nicht von der Tine, aber sie erzählte ihm kleine drollige Anekdoten, brachte ihm eine halbe Flasche Most oder Wein mit, bat ihn um ein Lied auf der Geige oder um das Vorlesen einer Geschichte. So verging der Abend friedlich, und wenn es spät war und die Babett wieder ging, war Karl stiller geworden und konnte ohne böse Träume schlafen. Und das alte Mädchen bedankte sich noch jedesmal, wenn sie adieu sagte, für den schönen Abend.

Langsam gewann der Liebeskranke seine frühere Art und seinen Frohmut wieder, ohne zu wissen, daß die Tine sich bei der Babett öfters in Briefen nach ihm erkundigte. Er war ein wenig männlicher und reifer geworden, hatte das in der Schule Versäumte wieder eingebracht und führte nun so ziemlich dasselbe Leben wie vor einem Jahre, nur die Eidechsensammlung und das Vögelhalten fing er nicht wieder an. Aus den Gesprächen der Oberprimaner, die im Abgangsexamen standen, drangen verlockend klingende Worte über akademische Herrlichkeiten ihm ins Ohr, er fühlte sich diesem Paradiese wohlig nähergerückt und begann sich nun auf die Sommerferien ungeduldig zu freuen. Jetzt erst erfuhr er auch durch die Babett, daß Tine schon lange die Stadt verlassen habe, und wenn auch die Wunde noch zuckte und leise brannte, so war sie doch schon geheilt und dem Vernarben nahe.

Auch wenn weiter nichts geschehen wäre, hätte Karl die Geschichte seiner ersten Liebe in gutem und dankbarem Andenken behalten und gewiß nie vergessen. Es kam aber noch ein kurzes Nachspiel, das er noch weniger vergessen hat.

Acht Tage vor den Sommerferien hatte die Freude auf die Ferien in seiner noch biegsamen Seele die nachklingende Liebestrauer übertönt und verdrängt. Er begann schon zu packen und verbrannte alte Schulhefte. Die Aussicht auf Waldspaziergänge, Flußbad und Nachenfahrten, auf Heidelbeeren und Jakobiäpfel und ungebunden fröhliche Bummeltage machte ihn so froh, wie er lange nicht mehr gewesen war. Glücklich lief er durch die heißen Straßen, und an Tine hatte er schon seit mehreren Tagen gar nimmer gedacht.

Um so heftiger schreckte er zusammen, als er eines Nachmittags auf dem Heimweg von der Turnstunde in der Salzgasse unvermutet mit Tine zusammentraf. Er blieb stehen, gab ihr verlegen die Hand und sagte beklommen grüß Gott. Aber trotz seiner eigenen Verwirrung bemerkte er bald, daß sie traurig und verstört aussah.

»Wie geht's, Tine?« fragte er schüchtern und wußte nicht, ob er zu ihr »du« oder »Sie« sagen solle.

»Nicht gut«, sagte sie. »Kommst du ein Stück weit mit?«

Er kehrte um und schritt langsam neben ihr die Straße zurück, während er daran denken mußte, wie sie sich früher dagegen gesträubt hatte, mit ihm gesehen zu werden. Freilich, sie ist ja jetzt verlobt, dachte er, und um nur etwas zu sagen, tat er eine Frage nach dem Befinden ihres Bräutigams. Da zuckte Tine so jämmerlich zusammen, daß es auch ihm weh tat.

»Weißt du also noch nichts?« sagte sie leise. »Er liegt im Spital, und man weiß nicht, ob er mit dem Leben davonkommt. – Was ihm fehlt? Von einem Neubau ist er abgestürzt und ist seit gestern nicht zu sich gekommen.«

Schweigend gingen sie weiter. Karl besann sich vergebens auf irgendein gutes Wort der Teilnahme; ihm war es wie ein beängstigender Traum, daß er jetzt so neben ihr durch die Straßen ging und Mitleid mit ihr haben mußte.

»Wo gehst du jetzt hin?« fragte er schließlich, da er das Schweigen nimmer ertrug.

»Wieder zu ihm. Sie haben mich mittags fortgeschickt, weil mir's nicht gut war.«

Er begleitete sie bis an das große stille Krankenhaus, das zwischen hohen Bäumen und umzäunten Anlagen stand, und ging auch leise schaudernd mit hinein über die breite Treppe und durch die sauberen Flure, deren mit Medizingerüchen erfüllte Luft ihn scheu machte und bedrückte.

Dann trat Tine allein in eine numerierte Türe. Er wartete still auf dem Gang; es war sein erster Aufenthalt in einem solchen Hause, und die Vorstellung der vielen Schrecken und

Leiden, die hinter allen diesen lichtgrau ge-
strichenen Türen verborgen waren, nahm
sein Gemüt mit Grauen gefangen. Er wagte
sich kaum zu rühren, bis Tine wieder heraus-
kam.

»Es ist ein wenig besser, sagen sie, und vielleicht wacht er heut noch auf. Also adieu,
Karl, ich bleib jetzt drinnen, und danke auch
schön.«

Leise ging sie wieder hinein und schloß die
Türe, auf der Karl zum hundertstenmal ge-
dankenlos die Ziffer siebzehn las. Seltsam er-
regt verließ er das unheimliche Haus. Die
vorige Fröhlichkeit war ganz in ihm erlo-
schen, aber was er jetzt empfand, war auch
nicht mehr das einstige Liebesweh, es war
eingeschlossen und umhüllt von einem viel
weiteren, größeren Fühlen und Erleben. Er
sah sein Entsagungsleid klein und lächerlich
werden neben dem Unglück, dessen Anblick
ihn überrascht hatte. Er sah auch plötzlich ein,
daß sein kleines Schicksal nichts Besonderes
und keine grausame Ausnahme sei, sondern
daß auch über denen, die er für Glückliche
angesehen hatte, unentrinnbar das Schicksal
walte.

Aber er sollte noch mehr und noch Besseres und Wichtigeres lernen. In den folgenden Tagen, da er Tine häufig im Spital aufsuchte, und dann, als der Kranke so weit war, daß Karl ihn zuweilen sehen durfte, da erlebte er nochmals etwas ganz Neues.

Da lernte er sehen, daß auch das unerbittliche Schicksal noch nicht das Höchste und Endgültige ist, sondern daß schwache, angstvolle, gebeugte Menschenseelen es überwinden und zwingen können. Noch wußte man nicht, ob dem Verunglückten mehr als das hilflos elende Weiterleben eines Siechen und Gelähmten zu retten sein werde. Aber über diese angstvolle Sorge hinweg sah Karl Bauer die beiden Armen sich des Reichtums ihrer Liebe erfreuen, er sah das ermüdete, von Sorgen verzehrte Mädchen aufrecht bleiben und Licht und Freude um sich verbreiten und sah das blasse Gesicht des gebrochenen Mannes trotz der Schmerzen von einem frohen Glanz zärtlicher Dankbarkeit verklärt.

Und er blieb, als schon die Ferien begonnen hatten, noch mehrere Tage da, bis die Tine selber ihn zum Abreisen nötigte.

Im Gang vor den Krankenzimmern nahm

er von ihr Abschied, anders und schöner als damals im Hof des Kustererschen Ladens. Er nahm nur ihre Hand und dankte ihr ohne Worte, und sie nickte ihm unter Tränen zu. Er wünschte ihr Gutes und hatte selber in sich keinen besseren Wunsch, als daß auch er einmal auf die heilige Art lieben und Liebe empfangen möchte wie das arme Mädchen und ihr Verlobter.

Hermann Hesse
im Suhrkamp und im Insel Verlag
Eine Auswahl

Hermann Hesse Werkausgaben

NF 212 / 1 / 4.19

Hermann Hesse Lesebücher
Zusammengestellt von Volker Michels

China. Weisheit des Ostens. st 4106. 204 Seiten

Eigensinn macht Spaß. Individuation und Anpassung.
208 Seiten. Gebunden. it 2856. 189 Seiten

Die Einheit hinter den Gegensätzen. Religionen und
Mythen. Gebunden. 208 Seiten

Ermutigungen. Gedanken aus seinen Werken und Briefen. Zusammengestellt von Volker Michels. it 4576.
113 Seiten

Jahre am Bodensee – Erinnerungen, Betrachtungen,
Briefe und Gedichte. Mit Bildern von Siegfried Lauter-
wasser. Gebunden. 238 Seiten

Jedem Anfang wohnt ein Zauber inne. Lebensstufen.
207 Seiten. Gebunden. it 2854. 191 Seiten

Jugendland. Erzählungen. Ausgewählt und mit einem
Nachwort von Herbert Schnierle-Lutz. it 4137.
230 Seiten

Das Leben bestehen. Krisis und Wandlung.
208 Seiten. Gebunden. it 2858. 196 Seiten

Lieben, das ist Glück. Gedanken aus seinen Werken und
Briefen. Zusammengestellt von Volker Michels. it 4577.
88 Seiten

Das Lied des Lebens. Die schönsten Gedichte.
240 Seiten. Gebunden. it 2859. 243 Seiten

Mit dem Erstaunen fängt es an. Herkunft und Heimat. Natur und Kunst. 208 Seiten. Gebunden. it 2899. 195 Seiten

Unerschrocken denken. Gedanken aus seinen Werken und Briefen. Politik. Ratio. Wissen und Bewußtsein. st 3974. 113 Seiten

Wer lieben kann, ist glücklich. Über die Liebe. 224 Seiten. Gebunden. it 2855. 211 Seiten

Biographien

Hugo Ball. Hermann Hesse. Sein Leben und sein Werk. st 385. 188 Seiten

Gunnar Decker. Hermann Hesse. Der Wanderer und sein Schatten. st 4458. 703 Seiten

Hermann Hesse. Schauplätze seines Lebens. Mit zahlreichen Fotografien. Herausgegeben von Herbert Schnierle-Lutz. it 1964. 345 Seiten

Michael Limberg. Hermann Hesse. Leben – Werk – Wirkung. sb 1. 159 Seiten

Alois Prinz. »Und jedem Anfang wohnt ein Zauber inne«. Die Lebensgeschichte des Hermann Hesse. st 3742. 403 Seiten

Briefausgaben

Hermann Hesse. Ausgewählte Briefe. Erweiterte Ausgabe. Zusammengestellt von Hermann Hesse und Ninon Hesse. st 211. 567 Seiten

Hermann Hesse. Briefe an Freunde. Rundbriefe 1946–1962 und späte Tagebücher. Herausgegeben von Volker Michels. it 2642. 297 Seiten

Hermann Hesse. Die Antwort bist du selbst. Briefe an junge Menschen. Herausgegeben von Volker Michels. it 2583. 420 Seiten

Hermann Hesse. »Ich gehorche nicht und werde nicht gehorchen!«. Briefe 1881–1904. Herausgegeben von Volker Michels. Gebunden. 661 Seiten

»Aus dem Traurigen etwas Schönes machen« – Briefe. 1905–1915. Herausgegeben von Volker Michels. Leinen. 636 Seiten

»Eine Bresche ins Dunkel der Zeit!« Briefe 1916–1923. Herausgegeben von Volker Michels. Leinen. 669 Seiten

»Ich bin ein Mensch des Werdens und der Wandlungen« Briefe 1924–1932. Herausgegeben von Volker Michels. Leinen. 752 Seiten

»In den Niederungen des Aktuellen« Briefe 1933–1939. Herausgegeben von Volker Michels. Leinen. 750 Seiten

Hermann Hesse. »Liebes Herz!« Briefwechsel mit seiner zweiten Frau Ruth. Herausgegeben von Ursula und Volker Michels. Mit Abbildungen. Gebunden. 644 Seiten

Hermann Hesse. Stufen des Lebens. Briefe. Mit einem Nachwort von Siegfried Unseld. IB 1231. Gebunden. 120 Seiten

Ninon Hesse. »Lieber, lieber Vogel«. Briefe an Hermann Hesse. Herausgegeben von Gisela Kleine. Mit Abbildungen. 619 Seiten. Gebunden. st 3373. 620 Seiten

Hermann Hesse / Hugo Ball und Emmy Ball-Hennings. Briefwechsel 1921–1927. Herausgegeben von Bärbel Reetz. Gebunden. 612 Seiten

Hermann Hesse / Conrad Haußmann. Von Poesie und Politik. Briefwechsel 1907–1922. Herausgegeben von Helga Abret. Gebunden. 407 Seiten

Hermann Hesse / Peter Weiss. »Verehrter großer Zauberer«. Briefwechsel 1937–1962. Gebunden. 249 Seiten

Hermann Hesse / Stefan Zweig. Briefwechsel. BS 1407. 206 Seiten

Gedichte

Bäume. Herausgegeben von Volker Michels. Mit farbigen Fotografien von Dagmar Morath und Zeichnungen von Hermann Hesse. IB 1393. 131 Seiten

Bäume. Betrachtungen und Gedichte. Mit Fotografien. Ausgewählt von Volker Michels. it 455. 144 Seiten

Die Gedichte. Herausgegeben und mit einem Nachwort von Volker Michels. 700 Seiten. Gebunden. it 2762. 847 Seiten

Stufen. Ausgewählte Gedichte. BS 342. 256 Seiten

Hermann Hesse als Maler

Farbe ist Leben. Eine Auswahl seiner schönsten Aquarelle. Vorgestellt von Volker Michels. it 1810. 176 Seiten

Magie der Farben. Aquarelle aus dem Tessin. Mit Betrachtungen und Gedichten. Auswahl und Nachwort von Volker Michels. it 482. 116 Seiten

Spiel mit Farben. Der Dichter als Maler. Mit etwa 300 Aquarellen von Hermann Hesse. Herausgegeben von Volker Michels. Gebunden. 276 Seiten

Tessin. Betrachtungen, Gedichte und Aquarelle des Autors. Herausgegeben und mit einem Nachwort von Volker Michels. it 1494. 307 Seiten

Mit Hermann Hesse auf Reisen

Engadiner Erlebnisse. Erinnerungen, Gedichte, Briefe und Aquarelle. Herausgegeben von Volker Michels. Mit farbigen Aquarellen des Dichters, Fotos und Zeichnungen. Gebunden. 147 Seiten

Mit Hermann Hesse durch Italien. Ein Reisebegleiter durch Oberitalien. Herausgegeben von Volker Michels. it 1120. 214 Seiten

Italien. Schilderungen, Tagebücher, Gedichte, Aufsätze, Buchbesprechungen und Erzählungen. Herausgegeben und mit einem Nachwort von Volker Michels. Mit zahlreichen Abbildungen und Fotografien. st 689. 536 Seiten

Die Nürnberger Reise. Mit Bildern von Pieter Jos van Limbergen und einem Nachwort von Siegfried Unseld. it 4279. 122 Seiten